기획의 말

그리운 마음일 때 'I Miss You'라고 하는 것은 '내게서 당신이 빠져 있기(miss) 때문에 나는 충분한 존재가 될 수 없다'는 뜻이라는 게 소설가 쓰시마 유코의 아름다운 해석이다. 현재의 세계에는 틀림없이 결여가 있어서 우리는 언제나 무언가를 그리워한다. 한때 우리를 벅차게 했으나 이제는 읽을 수 없게 된 옛날의 시집을 되살리는 작업 또한 그 그리움의 일이다. 어떤 시집이 빠져 있는 한, 우리의 시는 충분해질 수 없다.

더 나아가 옛 시집을 복간하는 일은 한국 시문학사의 역동성이 드러나는 장을 여는 일이 될 수도 있다. 하나의 새로운 예술작품이 창조될 때 일어나는 일은 과거에 있었던 모든 예술작품에도 동시에 일어난다는 것이 시인 엘리엇의 오래된 말이다. 과거가 이룩해놓은 질서는 현재의 성취에 영향받아 다시 배치된다는 것이다. 우리는 현재의 빛에 의지해 어떤 과거를 선택할 것인가. 그렇게 시사(詩史)는 되돌아보며 전진한다.

이 일들을 문학동네는 이미 한 적이 있다. 1996년 11월 황동규, 마종기, 강은교의 청년기 시집들을 복간하며 '포에지 2000' 시리즈가 시작됐다. "생이 덧없고 힘겨울 때 이따금 가슴으로 암송했던 시들, 이미 절판되어 오래된 명성으로만 만날 수 있었던 시들, 동시대를 대표하는 시인들의 젊은 날의 아름다운 연가(戀歌)가 여기 되살아납니다." 당시로서는 드물고 귀했던 그 일을 우리는 이제 다시 시작해보려 한다.

기획의 말

그리운 마음일 때 'I Miss You,'라고 하는 것은 '내게서 당신이 빠져 있기(miss) 때문에 나는 충분한 존재가 될 수 없다'는 뜻이라는 게 소설가 쓰시마 유코의 아름다운 해석이다. 현재의 세계에는 틀림없이 결여가 있어서 우리는 언제나 무언가를 그리워한다. 한때 우리를 벅차게 했으나 이제는 읽을 수 없게 된 옛날의 시집을 되살리는 작업 또한 그 그리움의 일이다. 어떤 시집이 빠져 있는 한, 우리의 시는 충분해질 수 없다.

더 나아가 옛 시집을 복간하는 일은 한국 시문학사의 역동성이 드러나는 장을 여는 일이 될 수도 있다. 하나의 새로운 예술작품이 창조될 때 일어나는 일은 과거에 있었던 모든 예술작품에도 동시에 일어난다는 것이 시인 엘리엇의 오래된 말이다. 과거가 이룩해놓은 질서는 현재의 성취에 영향받아 다시 배치된다는 것이다. 우리는 현재의 빛에 의지해 어떤 과거를 선택할 것인가. 그렇게 시사(詩史)는 되돌아보며 전진한다.

이 일들을 문학동네는 이미 한 적이 있다. 1996년 11월 황동규, 마종기, 강은교의 청년기 시집들을 복간하며 '포에지 2000' 시리즈가 시작됐다. "생이 덧없고 힘겨울 때 이따금 가슴으로 암송했던 시들, 이미 절판되어 오래된 명성으로만 만날 수 있었던 시들, 동시대를 대표하는 시인들의 젊은 날의 아름다운 연가(戀歌)가 여기 되살아납니다." 당시로서는 드물고 귀했던 그 일을 우리는 이제 다시 시작해보려 한다.

한밤의 퀼트

문학동네포에지 039

김경인 시집

한밤의
퀼트

시인의 말

얘, 지루한 막간극이 끝났구나.
얼른 막을 내려.
맨얼굴이 다 들통나겠어.

나는 가까스로 닫혀 있다.
이제 곧 흩어질 것이다.

2007년 봄
김경인

개정판 시인의 말

내가 쓴 말은
어제에게서 온 것

모든 빛을 먹어치운 검정
오를수록 아래로 잡아당기는 계단과
검게 칠해도 어쩔 수 없이 드러나던
누덕누덕 기운 맨 얼굴

나의 바닥을 비추는
生生한 거울에게서
빌린 것

PS.
「드라이브는 정오부터 시작되었다」
「인형 가게를 지키는 쇼윈도의 인형」
「그녀는 바지를 입고 있었고」
세 편은 제외하였다.

2021년 11월
김경인

차례

3부 마리오네트의 거울

1부
여긴 수요일,
무채색의 고장

분수

오늘은 밖으로 처음 걸어나왔지
누구의 목소릴까, 떠오를수록 또렷해지는

걸음걸이를 들키는 것이 두려워 지느러미를 달았지만
주머니를 뒤집는 일처럼 어려운 것은 없지
나를 또 얼마나 뱉어낼지도

누가 목격해다오
두 배 세 배로 파열되도록

부글거리며 끓어오르는 거품이 좋아
껍데기가 좋아
이상하도록 감쪽같은 오늘,

그림자가 사라지는 순간
나팔 모양의 꽃이 입을 오므리는 순간

나는 모처럼 나의 뒤통수가 궁금하지 않고

집중적으로 쏟아져도 좋겠지
누군가의 머리 위로

둥그렇게 입을 모으고

거울 만드는 사람

숨어 있는 사람,
내 꿈의 목록을 검은 일기장에 박아놓은,
밤새도록 계단 아래로
달아나는
아름다운 하이힐을 부러뜨리는,
피투성이 펜대를
쥐여주는
첫번째 나뭇잎에게 오래된 뿌리를
보여준,
무너진 지붕 위로
봄눈을 내려준,
거울 속으로 들어가면
거울 안에 나를 가두는,
부수면
더 큰 거울을 보여주는,
내가 뜯어먹고 자란,
부르면
수백 개의 다른 음성으로
우르르 쏟아지는,
자라나는
내 거울 속에서
점점 작아지는,
한 번도
서로의 밖을 바라보지 못한,

손 내밀면 빼앗아 사라지는,
거울 속에 숨어
거울 만드는
사람

구름 속으로

천천히 사라지고 있군
나는 조금 가벼워진다고 생각해

미끈거리는 꼬리를 싹둑 잘라내고
뒤죽박죽 흩어져볼까
지독한 냄새를 흘리며

나무는 이파리에 숨어 초록을 견디는데
나는 여전히 초록이 두렵고
그건 당신도 마찬가지

복면을 뒤집어쓴 새는 지겹지도 않나봐
오래전 목소리를 흉내낸다네
또 무엇을 고백하려고

(앵무새야, 불룩한 주머니를 뒤지지 말아다오
성대가 잘리기 전에, 어서!)

내가 모르는 곳에서 당신은 자꾸 태어나지
그림자놀이 따윈 다 끝장난 줄 모르고

고백했다고 아무것도 아닌 건 아니야
새끼를 가득 품은 눈먼 주머니쥐처럼

그물 속 새는 변성(變聲)을 거듭하며 새 이야기를 낳고
열 개의 손가락은 각기 다른 방향으로 지워진다네

나는 냄새를 풍기며 부드럽게 스며들지
가장 낯선 얼굴 속으로

일요일에 만난 사람

일요일엔
금방 유쾌해질 거야
서로의 절룩이는 자세를 흉내내기 싫어
안달이 났지만
뼛속까지 너는 검고 나는 바닥이 없지

창백하지,
네 얼굴과 모처럼 딴판인 내 얼굴이
웃으면서 안녕, 돌아서는
일요일은 밀랍처럼

어젯밤, 희미한 달빛은
우릴 한통속으로 만들고
그것이 견딜 수 없어
어두운 길목에서 엉겨붙은 채 물었지

이봐, 우리 달라질 수는 없을까?
너는 등뒤에서만 안전하고
체위는 늘 똑같은 걸, 뭐

일요일은 길지 않아
한껏 얼굴을 꾸미고 뒤돌아 걸을 거야
입술은 익숙하지만
한 번도 서로에게 반한 적 없지

너 하고 부르면
나? 하고 달아나는
너는 입이 없지

오늘 우린 유별나
넌 안 보이는 입으로 가르치려 하고
난 모든 고백을 너에게 덮어씌우려 하는
일요일,

긴 꼬리를 만진 적 없지
목소리는 꼭 닮았지

우린 가까스로 희미해져서
웃지

일요일에서,
오지 않는 일요일에서

물 아래에서

여기는 깊고 끝이 없어 고백해봐 실비아, 너는 뾰족한 목소리를 가졌구나 나는 입을 꾹 다문 채 잠들었고 가끔 깨었지

입을 다물면 세상은 요람보다 안전해 잠들면 악착같이 자라나는 머리카락처럼 이야기는 물 아래에서 시작되지

무궁무진한 이야기가 수면을 흔드는 동안 배우는 코르셋을 벗고 여자들은 변성기를 맞이했어 겨우 살아남은 소프라노들은 젖은 몸 말리며 뻐끔뻐끔 합창하지 *엄마, 아빠, 이 사랑하는 개자식들, 다 끝났어** 청중은 검은 악보를 소리 나게 덮는다

물 위로 떠오른 것은 극히 일부야 너무 많은 것이 흘러가는 동안 혀는 퉁퉁 불어 가라앉지 파문에 휩쓸릴까봐 두려웠어

달팽이를 기억하니 달팽이는 집이 부서진 채 따가운 햇살에 데여 나동그라졌지 집을 부순 건 내가 아니야 비릿하고 끈적끈적한 것들에 나는 취미가 없어

실비아, 집을 떠나면 무엇이 있다고 생각하니 너는 빠른 다리를 가졌지만 나는 두 팔로 기어간다 네가 복화술을 배우는 동안 나는 더듬더듬 내뱉지 흰 얼굴과 검은 얼

굴의 실비아, 나는 물에 잠긴 표정만을 기억하지

물 밖에 있는 자의 목소리를 듣는다 실비아, 온전한 다리를 가진 나의 자매, 물 밖에 있는 자들의 안녕 소리 듣는다 내가 내민 손을 보았니 실비아, 물속은 아주 따뜻해

* 실비아 플라스, 「대디(Daddy)」를 변주함.

계단은 당신을 만든다

계단이 무너져내릴 때까지
당신은 밤낮으로 걷고 걷는다

오르고 또 오른다
계단이 계단을 낳아
당신을 맨 아래로 데려다줄 때까지

당신은 점점 두꺼워지고
바닥 너머의 눈은 새까맣게 빛난다

우리는 만난다 계단 아래에서
안 보이는 두 손으로 더듬더듬
네 가슴은 참 연하구나,
먹음직스럽구나

뾰족해진 주둥이를 비벼대며
마음껏 더러워진 손톱으로 서로를 파헤쳐가며
아프다고 소리 질러봐,
귓불을 잘근잘근 씹어 삼키며

바늘 돋은 혀로 날름날름
서로의 구멍을 밤새도록 핥아댄다
구멍에서 흘러나온 물이 얼굴을 흠뻑 적실 때까지
털이 숭숭 난 손으로 두 눈을 가리면서, 안녕

당신은 자주 욕을 하고
아무렇게나 걷고 또 걷는다
꿈틀꿈틀 자라나는 계단이 당신을 죽이러 올 때까지

우린 깊이 껴안는다
차가워진 손을 수갑처럼 서로의 등에 두르고
터널보다 더 아득한 혀에 미끄러지듯

밖의 사람들

시계는 자주 멈춘다. P는 오늘밤 또 칼을 들었다. 내 말 좀 들어봐. 나를 쫓아다니며 잔소리를 늘어놓는, 사지가 다 잘린 저 인형들. 꼭 엄마를 닮았지 뭔가. 시체가 될 지경이라구. P가 송곳니처럼 박혀 으르렁거린다.

K는 이를 딱딱 부딪친다. 킥킥, 호러 쇼는 한물갔다니까. 상상력 좀 키워보게. 온통 썩은 물속이로군. 제법 마음에 들어. 이제 모든 게 진력이 나. 손목을 자르고 붙이고 하는 일 따위…… 나는 여기서 영원히 헤엄치겠어.

아, 불쌍한 사람. 하지만 절대 문을 열어주지 않겠어요. L은 아름다운 그림자 정원의 소유자. 이봐요, 나는 나의 정원을 가꾸다 그곳에서 죽겠어요. 나는 그림자에 흠뻑 홀려 있는 걸요.

C는 반쯤 열린 문과 반만 닫힌 문 사이에 끼어서 얼굴을 뜯는다. 나는 자꾸 작아지는데 내 몸은 왜 이리 커지는 걸까. 모두 나를 싫어한다는 걸 알아. 왜일까 왜일까. 나는 나로부터 얼마나 멀어진 걸까.

우리는 각자의 소문을 거쳐 여기에 왔다. P가 칼을 내리고 비명을 지를 때 우리는 서로의 일부가 되지 않기 위해 침묵 속으로 귀를 던진다. 여기로 흘러든 사람들은 완벽한 정적 속에서 잠시 멈춘다. 문설주에 피를 바르고 서둘러 꿈 밖으로 뛰어나오는 사람처럼.

아무렇지도 않게 고요해진 문밖에 우리는 모여 있고 우리는 뿔뿔이 흩어진다. 사라지지 않는 소문처럼, 누군가의 지붕을 내리칠 폭우처럼.

수요일의 여행

나는 한 번만 눈뜰 거예요

못생긴 손가락을 뻗고 싶어요

멋대로 일렁이는 파문 아래서

여긴 늘 수요일, 납작해질 때까지 골몰할 거예요

당신이 거기 남았다는 것을 알아요

오징어는 너무 많은 먹물을 숨기고 있죠

어떤 얼굴도 나를 대신할 수는 없어요, 꿈속에서

당신이 바라보고 있다는 걸 알아요
엄한 목소리로 출렁거리지만

정말이지, 오늘은 열중하겠어요
발광(發光)하며 가라앉는 심해어와 함께

사방이 당신들로 가득 차오른다면
나는 단숨에 지워질 거예요

여긴 수요일,

무채색의 고장

나는 바야흐로

네 눈동자

네 눈동자엔
검은 바다가 일렁이고 있어
고요한 바다를 흔드는
바람이 있어

그 바람 속
캄캄한 집 한 채,
꺼질 듯 나부끼고

네 눈동자엔
페인트칠 벗겨진 대문 앞,
푸른 이니셜 수놓은 트렁크를
들고 서성이는
한 여자가 있어

그 여자가 흘린 피로
촘촘히 짜인 트렁크 속엔
아직 눈 못 뜬 내가 거꾸로 매달려
열쇠를 찾느라 철판 심장을 두드리고
엉킨 실핏줄 사이로 손을 휘젓고

네 눈동자엔
밤마다 검은 바다로 돌아가려고
몸 밖으로 닻 내리는

내가 고여 있어
수백 년째
해저(海底)에서 부글부글
끓어오르는 눈망울이 있어

파도 밑 숨어 있던
한 떼의 날치들
눈동자를 물고 튀어올라
날아들고

낡은 트렁크를 끌고
아직도 바다를 향해 가는 여자와,
몸 밖으로 닻을 내리다 말고
먼저 빠져나온 그림자와,
이 모두를 비추는
커다란 달 눈동자가

담겨 있어,
네 눈동자엔.

잠자리 겹눈처럼,
보일 듯 말 듯 포개진
이 풍경 속,
네 눈 속에 빠진 내 눈은

어디서 찾아야 하지?

우는 사람

난 밤에만 눈을 뜨지, 아주 오래 감은 눈 속에서 나는 당신을 보네. 당신은 두 발 달린 그림자, 언제부터 내 뒤를 따라다닌 건지 기억 없네. 당신의 눈은 정오에 가장 캄캄하네.

정오에 나는 당신에게 더듬거리며 악수를 청하고 낮게 그르렁거리지. 정오에 내 손은 수은보다 차갑고 당신의 두 손은 등뒤에 가려 있네. 그 무렵 당신은 가장 힘센 그림자, 내 뒤에 달라붙은 당신을 아무도 떼어낼 수는 없지.

감은 눈동자 속에 몰래 스며든 당신을 아무도 찾아낼 수는 없지. 나는 밤에만 눈을 뜨고 자정이면 당신을 노크하지. 당신이 나를 잡아당기면 눈동자는 파르르 떨리네. 나는 당신의 정면이 그리워서 눈꺼풀을 자주 깜박거리네.

자정이면 눈동자는 뒤척이네. 출렁거리지. 단단한 마개가 박힌 욕조에서 물이 넘치네. 물에 잠긴 욕조 속으로 침몰하는 밤, 당신은 천천히 흘러나오네. 나는 실눈을 뜨고 당신의 알몸을 보네.

듣는 사람

당신은 불 꺼진 밤거리처럼 꼭 닫혀 있습니다. 당신의 입술은 폭발 직전 대합실의 창문 같군요.

이제 곧 당신을 부수고 당신이 걸어온 골목들이 터질 것입니다. 골목을 지날수록 자라나는 그림자와 그림자로 만든 집과, 집 마당에 도사린 사나운 개들이 소용돌이치듯 흘러나올 것입니다. 당신은 지금 단정히 앉아 가까스로 당신을 끌어당기고 있지만, 한순간에 골목을 활활 살라버릴 불길처럼 혀는 유연하고 위태롭습니다.

당신에게서 흘러나온 그림자들이 저마다 구깃구깃한 길들을 끌어내 당신을 가둘지도 모르죠. 누군가는 달아나고, 누군가는 죽고, 지워지고, 절대 사라지지 않고, 그렇게 당신에게서 흘러나온 것들이 당신을 포위할 때,

당신의 혀는 유연하고 매끈하지만 당신을 단단히 묶을 수는 없습니다. 당신에게서 흘러나온 말 속에 잠겨 당신이 허우적거리고, 나를 바라보는 두 눈만 남기고 휩쓸려 눈물 속으로 사라지는 동안,

나는 도금한 어금니처럼 차갑고 단단하게 당신의 입구에 앉아 있습니다.
나는 영원히 듣는 사람입니다.

노을에 잠기다

노을 속에서 아이가 걸어왔네. 노을은 서서히 몸안으로 쏟아지고 나는 울면서 아이를 부르지. 우리는 손을 꼭 잡고 걸어가네. 버스 정류장에서 맨발로 엄마를 기다리고, 동생들이 문고리에 달라붙어 있어요, 중얼거리지. 학교 옥상에서 함부로 침을 뱉고, 햇살에 눈 찔린 채 운동장을 달리지.

손목을 힘껏 그어도 붉어지지 않아, 휘갈긴 때도 노을이었네. 나는 자꾸 아이를 부르지, 우리는 점점 많아지고 아무도 죽지 않네. 휘파람을 불며 교복을 벗고, 짧은 치마를 입고, 소년을 만나고, 치마를 벗고, 우리는 새로 깐 아스팔트보다 더 지독한 낯빛으로 거리마다 끈적이며 들러붙지.

넌 여전히 잘 우는구나. 움츠린 자세는 꼭 닮았지만, 태내의 모습은 기억할 수 없지. 이봐, 나는 늙었고, 너는 처음부터 모르는 아이잖니? 우리는 길 위에서 불어터진 입술로 지껄이지. 입술 사이로 터져 나온 노을, 노을은 맹렬히 길을 태우네.

노을 속에 갇힌 아랫도리가 검붉은 피를 쏟는 동안 나는 신음을 내지르며 너를 부르고,

Oral Party's Custom

이곳에 도착하려면
지하 계단을 이용해야 한다
오늘 식단은 스페셜 디너 코스,
오후 내내 굶주린 혀들은 모든 준비를 마쳤다

누군가의 입속에서 나는 막 튕겨져 나왔다
그가 너무 세게 잘라냈으므로 나는 너덜너덜해진 다리로
이상하도록 낯익은 저녁 식탁 위를 떠다닌다

누군가의 담배 연기
누군가의 악몽
누군가의 모텔
누군가의 그림자를 지나

불특정한 음역 속에서 나는 난도질당해 서서히 익혀지는 자이다

또 누군가의 입속에서 반쯤 잘린 여자가 쏟아진다
두툼한 가슴과 음부가 조각조각 나누어지고
사람들은 김이 무럭무럭 나는 요리에 고개를 처박고 핥아댄다

이 방은 지하 1층과 지하 2층 사이에 있다
입구를 가린 커튼이 모든 풍문을 빨아들여

퉁퉁 불은 귀처럼 먹먹하게 흔들린다면
그건 오늘 저녁이 끝났다는 뜻이다

이곳의 친화력은 침으로 범벅되어
서로 들러붙은 채 썩어가는 것들에 있다

사람들은 살점이 뜯겨나간 뼈를 흰 테이블보로 덮고
흥건한 피를 냅킨으로 닦은 후
서둘러 빠져나간다

안녕, 내일 또 만나.

시체들만 남아
게걸스러운 입을 불러모으는
오래된 파티의 관습

금요일에서 온 사람

내가 어디에서 왔는지 기억하지는 않아요
나는 절룩거렸고
나는 뒤로 걸었고

어제는 청어를 먹고 드라이브를 떠났어요
가시 많은 고슴도치처럼 껴안았죠
우리에겐 지도가 없었고
난 어제, 라는 말을 가장 좋아하지만
설명할 수는 없어요

그건 오른쪽이나 왼쪽일 거예요
흙먼지 속에서
뿌옇게 지워진 내가 걸어왔다면 아마 거길 거예요

사람들은 아주 가끔 신기한 듯 물었죠
너는 참 이상하게 걷는구나, 길을 끌고 다니듯
그건 아마 내 안의 길들이 무릎 아래로 끌어당기기 때문이겠죠

당신이 걷는 길에 내 발자국이 찍혀 있다면
끝나지 않는 골목과 높은 담들
늙어서도 울고 있는 아이를 지나
그렇게 왔을 거예요

그건 긴긴 금요일의 길 위에서였을 거예요

만담의 내력

나는 가만히 있고만 싶었어요
꽉 찬 주머니같이 부풀어 곧 쏟아질 것만 같았거든요

생전에 아버지는 바둑을 좋아하셨죠
넌 흑을 가져라, 나는 백이다
평생 동안 우린 흑백을 겨루었어요

아버지의 아버지는 이야기꾼이었다지만
가족들은 무서울 정도로 말이 없었구요
기원은 멀고 집은 내기중이었지요

흑과 백에 압도된 사각판 위에서
그 터질 듯한 팬터마임 속에서
우린 잡아먹을 궁리만 했어요
집을 양보하면 죽는다……는 생각에 사로잡혀

내가 마침내 내기에 이긴 날 저녁
아버지는 돌을 모두 깨뜨리고 돌아가셨어요

친구들은 무척 궁금해했어요
얘, 너희 아버지는 안녕하시니?
넌 아버지와는 좀 다르게 생겼구나, 기원은 여전하니?
사람들은 대답도 듣기 전에 뭐, 이런, 아무렇지도 않게
시끌벅적해지죠

난 흑과 백 이외에 어떤 표현을 써야 할지 알 수 없었어요
사실 기원은 열어보지도 못했어요, 관심도 없죠

내가, 라는 말부터 해야 할지, 나는, 이라고 말해야 할지
알 수 없는 날들
입을 여는 순간 얼굴을 뜯어버리고 싶을 정도로 우스워지는

나는 조용히 물러나왔어요 표정을 지웠어요
눈초리는 내리고, 입꼬리는 올리고…… 맘껏 울고 웃었죠
편안해졌죠
자, 여러분,

난 여전히 흑과 백밖에는 다른 말을 할 줄은 모르지만
재미나고 싶어요
그래서 오늘도 이야기를 시작하죠

아버지는 무덤 속에서도 바둑에 미쳐
내기는 끝내고 가야지!
내 입을 찢을 듯 달겨들지만
아버지의 아버지는 오늘 아침

썩다 만 입술로 옹알이를 시작했지만

여러분,
난 유쾌해지고 싶어요, 그것만을 원할 뿐이죠

2부
서랍들

한밤의 퀼트

밤이었는데, 나는 잠을 자고 있었는데, 누가 잠 위에 색실로 땀을 뜨나보다, 잠이 깨려면 아직 멀었는데, 누군가 커다란 밑그림 위에 바이올렛 꽃잎을 한 땀 한 땀 새기나보다, 바늘이 꽂히는 곳마다 고여오는 보랏빛 핏내, 밤이었는데, 잠을 자고 있었는데, 여자아이가 꽃을 수놓고 있나보다, 너는 누구니 물어보기도 전에 꽃부리가 핏줄을 쪽쪽 빨아먹고 무럭무럭 자라나보다, 나는 온몸이 따끔거려 그만 일어나고 싶은데, 여자아이가 내 젖꼭지에 꽃잎을 떨구고, 나는 아직 잠에서 깨지도 못했는데, 느닷없이 가슴팍이 좀 환해진 것도 같았는데, 너는 누구니 물어보기도 전에 가슴을 뚫고 나온 꽃대가 몸 여기저기 초록빛 도장을 콱콱 찍나보다, 잠이 깨려면 아직 멀었는데, 누가 내 몸에서 씨앗을 받아내나보다, 씨앗 떨어진 자리마다 스미는 초록 비린내, 나는 그만 꽃잎들을 털어내고 싶은데, 이마에 화인(火印)처럼 새겨진 꽃잎을 떨구고 싶은데, 밤이었는데, 나는 아직 잠을 자고 있었는데

밤은 몇 개의 서랍을 가지고 있다

나를 태운 기차가 덜컹거리며 달려가요
밤은 요람인 듯 기차를 흔들고
기차는 갓난아기처럼 가늘게 울어대요

컴컴한 서랍 속에서 여자들이 쏟아져요
엄마들이 불러준 어두운 자장가가 흘러내려요
커다란 양동이에 피를 쏟고서야 어른이 된 여자애들이
하얗고 동그란 아이에게 젖을 물린 채
기차에 올라타고 있어요

선로 위엔 약에 취해 쓰러지는 여자들,
비명을 감추고 기차는 선로를 졸면서 맴돌아요
여자들의 풀어진 눈동자를 꽉 쥐고 나도 꼬박꼬박 졸고 있어요

서랍 속에서 구름이 터져 나와요
그러면 기차는 구름 속에 잠시 머물고
구름은 우리를 뜯어먹으며 잠 깨우지요
너덜너덜해진 구름의 입안은 참 아늑해요

구름에 묻힌 우리 얼굴이 조금씩 지워지고 있어요
월요일엔, 수요일엔, 금요일엔 지워진 여자들로 가득할 거예요

밤은 몇 개의 서랍을 감추고 있나요
수천 년 동안 왜 같은 서랍만 매달고 있는 걸까요

떨어뜨리고 싶어 천둥 내려치면
내 몸 안에서 왈칵 열리는 검은 서랍
밤은 왜 나를 쓰다듬다 말고 검은 서랍을 매달아주나요

4월의 피크닉

이곳은 태양으로 가득하다
여자는 서랍을 열고 그를 찾는다
예민한 살갗, 태양이 닿기도 전에 타버린
남자는 4월생

서랍에 황사가 빼곡하다
회오리치는 사막 한가운데 그는 부스러기로 누워 있다

이 지방 사람들은 태양의 흑점에서 구워져 나왔다
그는 말했었지, 해가 지는 방향으로 실그러진 입술을 달싹이며

여자는 피크닉을 준비한다
에이프런을 두르고 부지런히 김밥을 만다
부드럽게 출렁이는 호수는 얼마나 깊고 다정할 것인가
물오리 모양의 배를 타고 그들은 호수 끝까지 간 적이 있다

서랍이 생긴 후 그는 아주 모르는 사람이 되었다
그러나 이것은 피크닉과는 무관한 일이다

여자는 다시 서랍을 열고 속삭인다
여보, 오늘은 생일이고 우리는 무언가 필요해요

남자는 바스러진 팔을 들어 말없이
가장 오래 간직한 4월을 밖으로 내어준다

바싹 마른 꽃과 나비와 정원이 거실 가득 흩날린다

태양은 막 꼭짓점에 도착했다
이 지방의 전통대로 이제 폭발의 날들이 시작될 것이다

살아남은 사람들은 깊은 서랍을 가지고 있다
침묵이 낳은 것이 침묵으로 사라지도록
여자는 가장 아름다운 4월을 이끌고
자신의 서랍으로 돌아간다

거리는 안개를 키운다

언제부터인가 안개가 거리 곳곳에 도사리고 있다 그들은 방의 귀퉁이를 조금씩 갉아먹고 맑은 소리들을 먹어치운다 소리들이 사라지자 온 세상이 창백하다 모든 꿈이 창백하다 하얀 밤이 계속되고 안개는 잠 속에 촘촘히 박혀든다 나는 잠 속을 헤매인다

나 걸어가네, 가파른 계단 아래로, 긴 골목을 거쳐, 한 걸음, 걸음…… 뒤돌아보면 사라지는 집과 공원과 지나온 골목의 눈동자들, 골목의 끝에는 어떤 길이 나 있을까, 세상이 뿜어내는 부연 입김, 나는 피어나려는 꽃대궁처럼 자꾸 흔들려, 흔들려, 부딪히네, 시작도 끝도 보이지 않는 골목의 한편에, 잠시, 반짝, 이는 불빛, 불빛의 등허리마다 내리꽂히는 안개, 반짝이며 박혀오는 유릿조각들, 아파요, 아파요, 왜 나는 눈이 침침한지, 나는 제대로 가고 있는 걸까, 저 길 끝에서 누군가 나를 부르네, 은박지처럼 날카롭고 환한 소리, 그러나 나는 자꾸만 안개에 숨이 막혀

거리는 안개를 키운다
안개 속에 숨은 소리는 그 언젠가
새가 되어 푸른 비명을 지를 것이다

소리가 밤의 질긴 주름을 펼 때까지
이 거리를 조금씩 뜯어먹으며

나는 일출을 꿈꾼다

번뇌스런 소녀들*_리허설

라라라, 여긴 매우 비좁군요 머릿속은 당신이 모른 채 당신이 상연되는 콘서트장이죠 걱정 말아요 우린 아주 잠시 동안만 당신을 빌릴 거예요

우리의 하모니는 서로를 비난하는 데 바쳐지죠 당신은 누구지요? 이름이 뭐예요? 우리는 의심 많은 소녀들, 머릿속은 고장난 앰프처럼 먹통이 되겠죠 우린 점점 증폭되고 있어요

오늘 당신은 지나치게 말이 많습니다 이유 없이 욕을 하고 눈물 흘리는 동안, 우린 목소리를 가다듬으며 당신을 머리끝부터 벗겨내기 시작했어요

우린 하루종일 둥글게 둥글게 입을 모아요 각자의 목소리만 너무 사랑하는 우린 즐거운 소녀들, 라라라, 발성 연습은 언제나 아름다워요 당신이 당신을 잊어버릴 때까지 우린 노래를 부를 거예요

누구를 가장 좋아하세요? 라라라, 마지막 멤버가 도착했군요 당신은 서서히 돌 거예요 당신은 곧 108개의 목소리를 갖게 됩니다 당신에게 새로운 노래를 불러드리겠어요

* 번뇌걸즈(煩惱ガルーズ): 불교의 번뇌에서 이름을 딴 일본의 초대형 여성 그룹.

내 치마가 저기에 걸려 있다*

화면 속에서 한 소녀가 나를 쳐다본다 너는 참 눈이 검구나, 나는 소녀의 눈동자 속으로 빨려든다 두 개의 태양이 떠 있는 그림 속 멕시코(언제 여기로 들어왔나) 사파티스타 깃발을 두른 그녀가 겨드랑이에 팔을 끼운다 잠시 왼쪽으로 휘청거리는 몸, 하지만 혁명은 오래전에 끝났다구, 나는 재빨리 선인장 뒤로 숨는다 그녀가 웃으며 태양을 그려준다 (이마가 점점 뜨거워진다) 나는 어느새 아즈텍의 신전 앞에 와 있다 그녀는 원주민 여인의 치마를 건네주고 신전 너머로 사라진다 치마 속에서 오래전 꺼진 불꽃이 다시 피어나고 누구인가, 내 가슴에 자꾸 불을 그어댄다 (누가 이 불을 꺼줄 것인가) 나는 불덩일 이고 안데스산 중턱을 달린다 멀리서 그녀가 치골 속 바스라진 씨앗들을 꺼내어 뿌리고 있다 (언제부터 그녀가 내 안에 들어앉아 화전을 일구고 있나) 몸안이 온통 해바라기밭이다 천년을 끓어온 용암이 목젖까지 치솟는다 산맥을 타 넘으며 그녀가 온다 아랫도리를 벗어던진 그녀가, 깃발인 듯 치마를 높이 든 그녀가, 붉게 물든 내 얼굴을 타박타박 밟으며, 태양의 저편으로 스며든다

저녁, 돌아온 내가 거울 속으로 걸어간다
거울의 끝, 불씨들이 고여 있는 그곳,
거기 내 치마가 걸려 있다

* 프리다 칼로의 그림 제목.

그는 밤에 온다

남자는 밤에 온다 나는 눈을 감은 채 기다린다 그의 입은 망설이는 듯 닫혀 있을 것이다 달착지근한 침으로 흥건한 그 속에 시간은 끈끈하게 갇혀 있다 셋, 둘, 하나, 몸속 트렁크가 삐걱거리며 떠오르는

남자는 내가 모르는 사람이다 나는 물속에 누워 그를 기다린다 밤에 오는 남자는 트렁크를 호시탐탐 뒤지는 사람이다 그는 오랫동안 나를 기록해왔다

장마는 언제 그칠 것인가 지하 건물들은 쉽게 잠긴다 누워서 바라보는 가벼운 저 구름들…… 여기서는 모든 것이 선명하다 퉁퉁 불은 얼굴이 나로부터 떨어져나가는 순간을 얼마나 기다렸는가 수저(水底)에 떨어진 눈알이 떠오르는 트렁크를 보고 있다 기상예보대로라면, 나는 오늘 안에 흑해(黑海)를 헤매고 있을 것이다

밤에 오는 남자와 마주한 적은 없다 그는 어디쯤 오고 있는가 그는 내 트렁크의 내부를 말끔히 정리하고 여행을 떠날 것이다 물속에서 지워지지 않는 것들은 위험하다 나는 밤마다 그를 만나지만 그는 얼굴을 가린 사람이다

느릿느릿 헤엄치는 물고기들은 나를 뜯어먹으며 자란다 나는 물과 함께 늙어가고 물보다 빨리 사라진다 장마가 계속된다면, 나는 내일쯤 떠오를 것이다

남자는 자정 이후에 온다 여기서 모든 것은 소리로 명확해진다 차가운 구름들이 원래부터 뜨겁지 않았다고 말할 수는 없다 남자의 입이 열리기 시작한다

항아리 속의 풍경

달빛 나린 날부터 물 고이는 소리가 들려왔어요 내 몸 어디에 물이 고이고 있는 걸까요 실핏줄 사이사이 물길이 열린 건가요 나는 잘 빚은 항아리 되어 날마다 부풀어올라요 얼굴도 본 적 없는 외할머니가 아침마다 떠놓았다던 그 물 한 동이, 캄캄한 심장을 환하게 씻어주네요 홀로 물무늬 그리며 둥글게 부풀어가는 항아리, 누가 그 속에 물고기를 풀어놓은 걸까요 이제 막 눈을 뜬 물고기 한 마리, 아침마다 지느러미 흔들며 솟구쳐오르네요 지느러미 닿은 자리마다 번지는 물내음 내 텅 빈 잠을 깨우네요 달빛으로 빚어진 항아리 속, 가만 두 손 담그면 안겨올 거예요 언젠가 내가 살다 나온 여자의 항아리를 물끄러미 바라보던 나처럼 항아리 안에서 자라 또하나의 항아리를 품게 될 투명하고 조그마한 물고기가

창문은 한 방향으로 열린다

창문은 한 방향으로만 열리네. 당신의 바깥에서 나는 함부로 부푸는 커튼이네. 바람이 느닷없이 불어올 때, 당신을 향해 엎드리고 부풀어 벌어졌으나 쉽게 찢겼네. 숨소리가 밀려오고 밀려가듯이 우리는 수시로 자세를 바꾸었네.

자세가 문제였을까요? 나는 부드럽게 움직이지만, 날선 칼빛으로 번득이는 창문, 부딪혀 흩어지는 바람, 사로잡혀 나는 구부러짐을 알지 못하네.

당신은 수많은 창문을 감추고 있네. 창문은 사방에 널린 그림자를 먹어치우고 날이 갈수록 검게 두드러지네. 그림자는 가끔 불량스런 목소리로 내게 말하네. 어둠의 바닥을 보고 싶은가? 그럴 때면, 혀는 매끄러운 터널이었네.

당신의 창문은 맹목적인 구름을 향해 있네. 나는 찢긴 커튼의 리듬으로 펄럭이네. 당신의 창문은 아무것도 담지 않고 다른 풍경을 번갈아 비출 뿐이네. 일렁일 듯 부풀다 쉽게 꺼지는 이 소란한 바람 속에서 나는 잠들지 못하네.

또다른 사막에서

한밤, 잠들려 하는데, 사막이 몰려왔어요. 1,000바이트로 부는 모래바람과 선인장 하나 이끌고 왔어요. 나, 화창한 꿈속으로 막 오른발 디딜 참이었는데, 뒤처진 그림자 사이로 모래가 우수수 떨어졌어요. 사막을 맴돌며 내 꿈을 훔쳐보던 선인장이 지지 않는 별처럼 깜박거리며 나를 불렀어요. 나 잠시 뒤돌아봤을 뿐인데, 선인장이 몸속으로 가시를 들이밀었어요. 꿈속에는 강물이 펼쳐지는데, 후텁지근한 열기로 팽팽해진 내 몸에 선인장 가시만큼 많은 구멍이 뚫렸어요. 강물 너머 연록빛 이파리가 손짓하기도 전에, 몸속을 흐르던 물길이 줄줄 새어나가고 있어요. 나팔관 속 겨우 숨긴 피 묻은 이름까지 사막 위로 쏟아져 할딱거려요. 밤낮으로 타오를 줄만 아는 사막이 내 몸을 휘감고 단물을 쭈욱 들이켜나봐요, 머리부터 조금씩 우그러지는걸요. 그러는 사이, 거미 한 마리 부지런히 전자 사막을 가로지르며 내 얼굴을 복제했어요. 흘러내리는 내 둥근 눈물까지 거미줄로 꽁꽁 묶어버렸어요. 마지막 떨어지던 눈물이 사막 속으로 흩어졌어요.

좌식(坐食)의 습관

민족문제연구소와 친일인명사전편찬위원회는 29일 '친일인명사전 수록인물' 1차 명단 3,090명을 발표했다

—연합뉴스, 2005. 8. 29.

식탁은 수십 개의 모서리를 가지고 있다
텔레비전이 반사하는 저녁의 식탁은 더욱 그렇다
당신은 안절부절 숟가락질을 하고
당신의 가족은 이 식탁에서 한 방향으로 다리를 꼬고 앉는다

한때 친구들은 왼쪽으로 다리를 꼬고 앉아
떠들기를 좋아했었지, 당신은
가족들과 친구들 사이에서 늘 다리가 저렸지만
새하얀 리넨 마스크를 뒤집어쓴 식탁은 아무 말이 없다

오늘, 텔레비전은 20세기에 대한 새 예법을 송출중이다
지난 세기의 태양이 어둠 속으로 침몰하는 순간을
당신은 왼쪽으로 어설프게 다리를 꼰 채 바라본다

많은 사람이 그늘에서 죽어가는 동안
누군가는 기꺼이 태양의 추종자가 되었다,
고 소리치는 저 텔레비전과

아아,
아무런 죄 없이 씹할 수만 있다면!*
당신은 남몰래 중얼거린다

빛으로 둘러싸인 그가 맨 오른쪽에서 걸어 들어온 후
당신의 가족은 햇빛에 관한 전염병을 앓고 있다

하루치의 해바라기를 마친 그들이
얼룩덜룩 한껏 두꺼워진 얼굴로
식사에 분주한 동안 당신은
식탁 아래 납작 엎드려 입을 틀어막는다
기다랗게 늘어진 뿌리에 쩔쩔매며

이 식탁은 빛에 감염된 자들을 위한 자리이다
몸속이 온통 뿌리로 뒤덮여 있다는
사실을 알게 된 후부터
당신은 늘 앉는 자세에 신중하다

꿈속에서 매번 살해되는 사람은
당신이 가장 잘 아는 사람이다

자, 자러 갈 시간이다
당신의 목소리는 부끄럽고
당신의 사랑하는 가족은

무럭무럭 부패하기 시작한다

* 최영미, 「퍼스날 컴퓨터」의 변주.

테라스

우리의 계단은 좀처럼 40개를 넘지 않아요. 계단 너머 테라스는 활짝 핀 식충식물처럼 부드러운 촉수로 부르고, 우리는 까맣게 빛나는 모자와 긴 머리를 흔들며 꿈결인 듯 스며들죠.

떨어지는 모자와 마주친 날도 있었어요. 모자는 무성하게 자라나는 머리카락으로부터 필사적으로 달아나려 했던 거지요. 날마다 뻗어나는 어두운 길에 사로잡힌 그녀의 모자가 폭발하고, 뒤엉킨 길들이 파리떼처럼 흩어지고,

꽃 속으로 사라진 벌레는 다 어디로 갔나요? 계단에 앉아 나는 잠시 위를 올려다보죠. 어디선가 증발한 여자들의 목소리가 언뜻 들리기도 했어요. 오를 듯 미끄러지고,

미끄러져 움푹 패는 동안, 긴 머리 소녀가 한 다스의 모자를 낳고, 너덜너덜한 웃음을 뒤집어쓴 채 계단 아래로 곤두박질치는 동안,

비명은 들리지 않아요, 이런 날이면. 사라진 여자들이 빽빽이 걸린 햇살, 테라스는 더욱 도도한 자세로 반짝입니다. 당신은 내일을 이야기하겠지만,

텅 빈 테라스에 올라가면 우린 문득 배가 고파져 또다

른 입속으로 발을 넣을 뿐, 우린 먼지보다 가벼워졌어요.

시클라멘

여자는 거울 앞에 앉아 화장을 지운다
흰 커튼이 무표정하게 흔들리는
거울 속, 여자가 축 늘어진 가슴을 물끄러미 바라본다
듬성듬성한 털을 뒤집어쓴
허물어진 무덤 한 쌍

내일은 꽃시장에 나가봐야겠어
그녀는 선반 위에 남은 시클라멘 씨앗을
가슴에다 털어넣고 잠이 든다

그녀가 뒤척인다, 몸속 심긴 씨앗들
싹이 튼다, 젖 몽우리 단단하다
그녀는 뒤척이다 말고 가슴에 손을 얹는다
텅 빈 무덤 속 파고들며 물기를 빨아올린,
심장처럼 쿵쿵 뛰는 이파리들이
손을 휘감고 자란다

아랫도리에 단단히 박힌 뿌리는
혈관을 타고 퍼져나가고
줄기마다 뚝뚝 떨어지는 수액,
얼굴이 팽팽히 부풀어오른다
그녀를 끌고 다닌 헐렁한 눈동자가
이불 위로 떨어진다

몸 가득 일렁이는 이파리가 그녀를 쓰다듬는다
여자는 너덜거리는 껍데기를
창밖으로 힘껏 던져버리고
어둠이 진딧물처럼 다닥다닥 달라붙은 거리를
팔에 돋은 잎사귀로 찬찬히 닦아낸다

안개 속의 산책

어쩌면 좋아요
안개가 몸속으로 밀려와요
나 겨우 걸음마를 배웠을 뿐인데
안개가 발목을 칭칭 감아요
하루종일 지직거리는
고장난 태양 라디오에서
이제 내 이름이 흘러나오려는데
안개가 혀끝을 움켜쥐나봐요
숨이 막혀요
내 몸속 환히 밝히던
두꺼비집들은
아직 퓨즈를 갈아 끼우지 못했는데
어디선가 나타난 축축한 입술이
몸안 어슴푸레한 길목을 핥고 있어요
길목 앞을 서성이는 어린 나까지
돌돌 말아 삼켜버리잖아요
어쩌면 좋아요
몸속 지평선이 조금씩 지워지나봐요
누군가 안 보이는 저곳에서
내 몸에 지문을 쾅쾅 찍나봐요
안 보이는 저곳과
자꾸 지워지는 이곳 사이
하얗게 고이기만 하는 어제와 내일 사이
그 소용돌이에 휘말려

나는 달콤한 아이스크림처럼
녹아 흐르려나봐요
오래된 공원묘지 거닐던
희디흰 발자국들 웅성대는 이 산책길,
나는 투명한 얼룩으로
남으려나봐요

밤의 플랫폼

밤이 깊었어. 두 마리의 고양이가 또 떠내려왔어. 네 몸을 들락거리며, 암내를 풍기는 남은 한 마리도 발톱을 높이 세우고 달아날 채비를 할 거야. 그러면 너도 플랫폼에 앉아 기차를 기다리게 되겠지.

어제는 온통 흰 구름뿐. 기차는 구름을 뚫고 더 먼 시간을 향해 뒤로만 달려가지. 바람이 불면 나는 차창 밖으로 고개를 내밀고 구름 아래로 떨어지는 이층집을 볼 거야. 내 기차에 깔려 뭉개지는 구름의 얼굴도. 그런데 어릴 적 우리가 쌓았던 모래집은 어디쯤에서 흩어졌을까.

떠나기 전 신어본 네 하이힐은 굽이 부러졌고 고양이가 할퀸 대문은 시름시름 앓고 있었어. 아침이 되면 집은 다시 퍼렇게 돋아나겠지만. 떠내려온 고양이를 선로 끝에 묻어줘야 했을까.

안녕. 아직도 구름이 몸속에서 뭉게뭉게 피어나 숨통을 막는 거니. 구토가 멈추지 않는 거니. 아마 내일이면, 기차를 타고 구름을 통과할 거야. 대문 안에 남겨진 고양이는 노랗게 들떠 있겠지만. 난 구름 걷힌 노을에 발을 담글 거야. 너에게 메일을 보낼게, 기차 안에서.

당신의 화원

1

작은 화원으로부터 초대를 받았어요. 램프를 켜고 나는 오늘밤 화원으로 가요. 엄마의 엄마와 또 엄마가 관상용 식물처럼 조용히 자라는 화원, 한편엔 무지갯빛 시계가 놓여 있고, 당신이 꽃씨를 뱉어내는 그곳, 나는 쇼윈도의 비스크 인형처럼 딸각거리며 걸어가요.

2

필 때마다 검게 변해가는 꽃들, 이파리에 달라붙은 진딧물은 램프의 마지막 남은 노란빛을 갉아 먹어버리고 화원 안에는 나와 어둠과 당신이 남네요. 자정의 종이 울리면, 박쥐처럼 날아오는 시간들, 시간은 시든 날개를 펄럭이며 날아와 내 목을 조르네요. 당신은 나를 가만히 쓰다듬고 나는 숨이 막혀와요. 당신은 가위를 들고 내 팔과 다리를 예쁘게 잘라주네요. 입과 혀와 머리카락이 여린 이파리처럼 잘려나가네요. 나는 요람에 든 아가처럼 화분에 담겨 잠이 들어요. 잘 자라라, 꽃아. 당신이 웃으며 나에게 물을 주네요.

3

똑똑,

누군가 또 당신의 화원을 두드리고 있나봐요.

얼음산 속

얼음산에 누워 있었네. 아버지를 베고 누워 있었네. 얼음이 목젖까지 차오르는데, 아버지 가만가만 내 얼굴을 어루만지네. 우리는 너무 춥구나, 사다리에 올라 해를 따오렴. 오를수록 사다리는 단단히 얼어붙고, 얼음에 베인 발끝이 화끈거렸네. 내가 손 내밀자, 하늘에 매달린 해가, 쩍, 수천 조각으로 갈라지네. 부서져 쏟아지는 유리 햇살 속, 아버지가 피어나네. 이런 손이 베었구나, 서리 한 움큼 불어주마. 베인 자리마다 조각난 아버지가 침엽수처럼 퍼렇게 돋아올랐네. 꽁꽁 언 아버지의 심장을 베고 누워 있었네. 우리는 너무 춥구나, 내 심장을 베어내렴. 해 대신 심장을 걸어두거라. 아버지 살갗 주름을 열자 눈보라가 치네. 그만 닫거라, 그렇게 오래 열어두면 바람이 우릴 엿본단다. 고드름을 매단 아버지를 베고 누워 있었네. 얼음산 속에도 새가 날고 앙상한 가지엔 과일이 익었네. 저 먼 바닷속 해 뜨려 하는데 녹지 않는 아버지를 베고 있었네. 얘야, 얘야, 우리는 너무 춥구나.

서랍들

걷다보면 몸속 서랍이 덜그럭거려 나사가 빠져나간 것 같아 몸이 자꾸 비틀거려 다리가 제멋대로 달아나려고 해 부서진 채로 우리는 길 위에 쏟아졌어 나사를 찾으려 고개를 숙이는 시간이 계속되고, 뿌연 목덜미와 긴 머리카락이 시곗바늘에 피투성이로 휘감기면 눈과 코도 훌렁 벗겨져 우리는 천 개의 입만 가진 뚱뚱하고 딱딱한 서랍으로 남지 천 개의 입은 한꺼번에 열리고 닫히지 떠나온 집이 찾아와 눈 부릅뜨고 샅샅이 뒤지면 입을 활짝 열어 수만 개 열쇠를 삼켜버리다가도 엄마를 찢고 들어가면 그곳까지 쫓아와 매달리는, 하루종일 아름다운 시계소리에 맞춰 피 흘리는 서랍

3부
마리오네트의 거울

떠나는 사람

집은 굶주린 육식동물처럼 도사리고 있었네. 긴 혀를 내밀어 잠시 멈춰 선 사람들을 덥석 삼켜버렸네. 돌아보면 내가 선 길의 입구는 오래도록 캄캄하고, 한밤중 눈을 떠보면 어느새 들썩이는 위장 속, 영문도 모른 채 나는 슬며시 녹아내리고 있네.

우리는 늘 여행을 꿈꾸고 각자의 트렁크 속에는 건다만 길들을 숨기고 있네. 아직도 트렁크를 버리지 못하는 소년에게 나는 사랑하는 아빠, 라고 부르네. 소년은 늙도록 텅 빈 트렁크 속에 들어앉아 떠날 궁리를 하네.

문고리에 달라붙은 엄마 대신 치렁치렁한 옷을 껴입은 구체관절인형이 얘들아, 너무 큰 소리로 떠들면 안 돼 집이 터질 것 같잖아 지껄이는 이 커다란 입속, 녹아 흐르는 얼굴 위로 또 몇 명의 얼굴이 쏟아졌을까, 비명 지르고 웃고 울고 악수하고 또 울다보면, 우리는 서로의 얼굴 속에서 한몸으로 뒤엉키고 있었네.

집은 앓는 소리를 흘리며 커져갔네. 커다랗게 녹아 얼룩지는 얼굴 속에서 나는 처음으로 내 얼굴을 찾아내었네. 트렁크 속 곤히 잠든 소년을 내려놓고 집을 나설 때, 마루에 걸린 시계는 마지막 종을 울리며 말했네. *길 위에 선 자들은 모두 집으로 돌아온다네*. 집은 내리막길을 향해 텅 빈 위장을 벌리고 있네.

12월을 위한 데콩포제(décomposer)

눈 위에 던져진 피투성이 손목

더이상 깨질 것 없구나, 거울을 버린 자는 중얼거리다

창 안 엿보는 나무들 초록 속에 숨어 귓속말 나누고

꽃이 진딧물과 빨강 속으로 뛰어들 때

살해 목록에 적힌 자들은 스스로 죽어가고

착한 아이야, 회개하라, 회개하라,
살해를 꿈꾸던 자는 총을 겨눠 머리를 하얗게 지우다

불타는 철길 위를 맴도는 스위치 백 기차
마지못해 뒷걸음질치며

묻는다, 얼굴은 어디 두었니?
(그림자와 사이좋게 나누어 가졌는걸)

꽃은 빨강에 휩싸여 진딧물과 거짓으로 화해하고
너와 손 맞잡던 시절은 끝났어, 그림자는 갈림길에서 인사도 없이 사라진다

출발역에 기댄 텅 빈 기차

어디로 발사될 것인가? 흑, 백, 혹은

일생을 마친 나무들은 단단한 껍질 속 검은빛을 되찾고
거울을 버린 자는 거울 속 살해된 자들에게 악수를 청한다

마리오네트의 거울

*

당신은 시간을 거슬러 거울 앞에 당도한 사람
내가 따라온 당신의 뒤통수는 잠긴 자물쇠처럼 무표정했지만,
나를 돌아본 당신의 얼굴엔 아주 오래전의 또다른 당신들이 눈물처럼 얼룩덜룩 달라붙어 있었지
우리는 처음으로, 깨어진 조각인 듯 서로를 마주보았네

*

여러 개의 얼굴 뒤에 숨어
살 오른 수탉과 만나러 갈 때면 늙은 엄마를 뒤집어쓰고는 암탉처럼 지저귀었고
한 무리의 구름떼를 영접할 때면 아버지의 아버지를 불러내 공손한 앵무새를 흉내내느라 이가 몽땅 빠질 지경이었지만,
구름은 너무 먼 이웃, 내 목소리를 금방 잊어버리곤 하였네

그런 날이면, 거울에게 물었네
—내 얼굴을 돌려주세요.
—어떤 얼굴을 갖고 싶으냐?

거울이 다정한 목소리로 몇 개의 표정을 꺼내놓고 흥

정하였네
  그를 향해 돌을 던지자, 내 얼굴에 박힌 무수한 표정이
피처럼 쏟아졌네

*

수억의 죽은 이파리를 감춘 어두운 호수처럼
당신은 얼굴을 가린 사람
두 다리와 두 팔을 튼튼한 핏줄로 묶어
거울의 뒷면으로 나를 이끄는 사람

*

거울 속에는
늙지도 않는 얼굴들이 낙엽처럼 쌓여
또 그만큼의 거울을 들여다보고

일요일의 만찬

일요일, 우리는 새 앞치마를 두른다
자정 무렵 손님은 가묘(家廟) 속에서 돌아와 문 두드리고
안방에선 긴 치마 찰찰 끌며 만삭인 아버지가 걸어나온다

얘들아, 얼른 상 올려라
오색찬란한 치마에 감겨 쭈글쭈글 웃는 아버지
이건 너무 철 지난 패션이군,
우리는 싸늘한 눈빛을 숨기며 소곤거린다
먼 길 돌아온 손님을 향해 두 번 깊이 고개 조아리고 나면
산통은 또 시작되고

조상의 얼굴은 명경(明鏡)인 듯 무표정하다
우리는 그의 뒤통수를 모른다 그는 차가운 거울의 주인
그 앞에서 아버지는 칭얼거리듯 비명 내지르며 팔다리를 바르작거린다

이 버르장머리 없는 자식,
음식 앞에서 피를 보이는 건 불경한 짓이야
키득키득 웃음을 반사하며 거울은 단단히 얼어붙고

나는 실용적인 것이 좋아요.

잘 끊어지지 않는 건 쓸모가 없죠. 그런데 이 고기는 너무 질기군요.
꿈틀거리는 아버지를 쳐다보며 쉴새없이 우물거린다

피투성이 시계와 시끄러운 창문 뒤로
저 치마는 또 무엇을 낳으려 왁자지껄 부풀어오르는가
한 번 잘리면 두 번 태어나는
아버지의 나팔관은 벽을 타고 올라 나를 노린다

바닥을 뒹굴던 아버지가 숨 헐떡이며 손 뻗친다
그의 차가운 이마가 잠시 흐려지고 터널처럼 깊은 울부짖음이 방을 덮친다

흠씬 젖은 아버지를 야금야금 집어삼키며 꼬리가 자라나기 시작한다
나는 미끈거리는 꼬리를 잘라 식은 국에 던져 넣는다
국이 팔팔 끓기 시작하고
일요일, 우리는 새 앞치마를 두른다

숨은 책

첫 페이지는 펼치지 마세요
종이로 켜켜이 쌓아올린 집이 흔들리고
먼지 뒤집어쓴 얼굴들이 낱장처럼 떨어질 테니까요

입은 깊은 동굴,
감추어둔 글자들이 수북이 쌓여 있어요
뾰족한 글자들이 입을 갈기갈기 찢기 전에
나는 첫 줄을 다시 적어야 해요

여전히 손은 서가 밖에 있고
내 몸엔 아버지들의 이름이 큰 글씨로 새겨 있어요
햇살에 하얗게 바랜 살갗으로 빗속을 내달리며 탈탈 털어도
조금도 지워지지 않는,
나는 질 좋은 종이인가요?

걸을 때마다 목구멍을 찌르는 글자들,
숨이 막히면 서가 뒤에 숨어 구토를 해요

이제 그만, 하고 낮게 읊조리는 낯선 목소리의 틈바구니를 지나면
어느새 입은 벌어지고
쏟아지는 잠 속에서 아버지의 펜대로 끊임없이 고백을 해요

입이 꼭 다물어져 깨어나기 전
복화술을 연습해야 할까요?

너무 활짝 펼치지는 마세요
여기는 어둡고 춥지만, 얌전히 꽂혀 있을 테니까요

누군가 내 안에서 혀로 만든 페이지를 넘기고 있어요
내가 쓸 마지막 페이지는 당신의 그림자 밖에 있어요

집으로, 가는, 길

밤이 긴 혀로 거리를 쓱쓱 핥는다 그림자와 함께 집으로 돌아가는 길, 하나둘 꺼지는 가로등, 집은 멀었는데, 막 지나온 푸른 철문이 밤의 목구멍 너머 빨려들고, 담벼락에 기댄 그림자의 발뒤꿈치가 녹아내린다, *뒤돌아보지 마,* 조금씩 허물어지는 발자국, 집은 아직 멀었는데, 그림자가 손목을 움켜쥔다, *밤이 집을 먹어치우기 전에…… 나와 함께 가자,* 그림자가 달린다, 담벼락이 무너진다, *뒤돌아보지 마,* 발뒤꿈치가 서서히 녹아내린다, *지나온 골목 따윈 잊고…… 문을 내리치던 아이도, 사나운 엄마, 아빠 모두 버리고…… 집에는 네가 모르는 다정한 그림자 인형들이 기다리고 있다,* 그림자가 나를 끌어안는다, 등 뒤 바짝 따라붙는 밤의 거친 숨소리, 저기 보이는 골목의 끝, 흐느끼듯 깜박이는 집, *뒤돌아보지 마,* 밤이 가로등을 후루룩 삼켜버린다, 몸이 어둠에 툭툭 부러진다, *나를, 데리고,* 나는 그림자를 놓치고 멈춰 선다, 뒤돌아보는 순간, 밤이 나에게 달려든다, 나는 지워지는 얼굴을 뒤로한 채 절뚝이며 달린다, 사라지며 달린다, 내가 마지막 골목 모퉁이를 돌 때 밤의 이빨 사이에 찢긴 얼굴이 걸린다

골목 끝, 간신히 빠져나온 그림자가 검은 혀 속으로 빨려들어가는 나를 바라보고 있다 희미한 불빛, 와르르, 무너진다

눈(眼) 속의 사막

집으로 돌아오는 길이었어요
모래를 실은 트럭이 돌진해왔어요
이봐, 중앙선 침범이야!
핸들을 꺾을 새도 없이
내 눈에 모래를 붓고 달아났어요

눈 속으로 부리를 들이미는 햇살이 망막 위를 마구 달음박질치고 눈꺼풀 안으로 모래가 촘촘히 박혀 각막이 조금씩 부서져내려요 눈에 맺힌 풍경들이 와르륵 무너지고 몸안 관다발에 한줌 사막이 빨려들어가고 머릿속 필라멘트에 잠시 불이 켜지면 몸속 수몰 지구가 온통 대낮의 사막처럼 타오르네요 아직 처녀인 엄마가 불길에 싸여 뛰어나오네요 한없이 뜨거운 그 길을 따라 아직 아기인 그림자가 뛰어나오네요 불타는 집을 따라 길가 은행잎들이 화들짝 놀라고 눈 밖으로 온몸이 뜨겁게 흘러나오고 나는 잘 튀겨진 스낵처럼 바삭바삭하게 말라가네요

(그런데 여기는 도대체 누구의 눈 속이에요?)

붉은 트렁크

엄마를 열고 들어왔네
어두운 길 끝에 놓인 붉은 트렁크
작고 아늑한 그 속에서 나는
피 묻은 얼굴로 잠을 깼었지
나 들어오기 이전부터
달 뜨고 별 지던 곳
수만 개의 열쇠를 숨긴
시간 주머니
엄마가 흘린 피로 촘촘히 짜여진,
푸른 글씨로 이니셜을 새긴 트렁크
그러나 지금은
내가 휘두른 칼로
너덜너덜해진 트렁크
내가 칼로 저미고
숟가락 하나 깊이 넣어둔 곳
얼굴이 안 보이는 아버지가
엄마의 입술을 성큼성큼 밟고 들어와
내 팔목을 움켜쥐고
밖으로 내던지던 곳
아직도 입술이 부르튼 엄마가
얘야, 얘야
내 몸속으로 흘러드는 곳
밤이면 몸안으로 쏟아지는 별에
가슴을 찔리기도 하는,

엄마의 엄마의 또 엄마가 산통을 견디며
내게로 이끌고 온
붉은 트렁크

오래된 뿌리

술 취한 그림자 이끌고
집으로 돌아오는 밤,
어디선가 나지막이 부르는 소리 들렸다

길 건너 안개 숲인가,
죽은 이의 흰 손마냥 어렴풋이 흔들리는 이파리들
나이테처럼 둥글게 퍼지는 이명(耳鳴)의 한복판
동그란 안경을 쓴 젊은 할아버지가
내 가슴을 힘껏 두드린다

그러자, 가슴속 매달린 이파리들 우수수 떨어지고
늑골과 심장 사이 서 있는 불탄 나무 한 그루 휘청거린다

안개 숲 소리 점점 커져가는데
내 몸 깊숙한 곳,
한 번도 돌본 적 없는
오래된 뿌리가 마구 흔들리고 있다

커다란 나무 밑동이 안 보이는 저곳으로 가고 싶어
뿌리를 드러낸 채 몸속으로 기울고
얼굴 밖으로 기어나온 뿌리들이
몸을 얽어매느라 아우성치면
그 물관을 따라 흐르는 붉은 피가
온몸 속속이 번진다

—할아버지, 뿌리가 너무 무거워요.

그러나, 어느새 손바닥 가득 새겨지는 뭉클한 뿌리들

넝쿨 줄기에 달린 열매마냥 줄줄 끌려 나오는
내 아가보다도 작은 그를
품에 안고
나는 밤새도록 자장가를 불러주고 싶었다

이 밤 내내 나를 품고
안개 속에 서 있는 늙은 나무처럼

오래된 뿌리
—봄

내가 딛는 발자국은 처음부터 정해진 것인가봐요
꾹꾹 밟으면 들릴 듯 말 듯 아우성 소리,
뿌리 밑에는 울고 울어 투명해진 눈동자들이 와글거려요

물로 가득찬 뿌리 속엔 벌써 몇천 년째,
목청을 잘라낸 유화(柳花)가 또 아기를 낳느라 불어터진 입술을 깨물고 있어요
사방으로 터져 흐르는 초록빛 따뜻한 물,
그녀를 밟고 선 아버지들은 글을 쓰고요
아버지에게 손목 잡힌 여자들 얼굴 위론 실뿌리처럼 수염이 돋아나고 있어요

함부로 벗겨진 고조할머니의 피 묻은 광목 치마처럼
땅 위에 뚝뚝 찍힌 철쭉 지나,
죽은 줄도 모르고 아직도 반짝이는 눈동자, 나무 이파리들과 함께
뿌리로 뒤덮인 얼굴을 던지며 나는 걸어갔어요

내 몸속, 온통 초록으로 들락날락하는 어머니들을 버리고 걸어갔어요
그네들의 젖은 발자국을 다 버리고 걸어갔어요

구름이 가릴 때마다 부옇게 울먹이는 저 하늘의 눈동자는 나를 기억한다지만,

더이상 젖기 싫은 가로수들이 빛을 탁탁 털고 있다지만,
우리는 아무도 당신에게서 도망칠 수는 없다지요?

거리는 초록으로 흐느끼는 얼굴을 아직 내려놓지 못했어요
산도를 막 빠져나온 태아처럼 붉게 젖은 가로수들,
그 위를 고요히 덮어주는 보송보송한 배냇 이불, 구름 속에서
나는 두 손을 꽉 쥐고 깨어났어요

벚꽃

그대의 손등에
밤새 맴을 돌다
끝내 녹지 못한
눈송이들이

비로소 봄을 흔들어
겹겹 쌓인 마음 토해내다가,
가시 같은 햇살에 아프게 반짝이다가,
바람 불면 부는 대로 휘청이다가,
하얗게 질려
실핏줄 같은 울음 울먹이다가,

발 디딜 틈도 없이
우 쏟아져버리는

사막으로 가는 길

봄부터 몸속에서 물소리가 들려왔어요. 나는 아직 사막을 가지도 못했는데 걸을 때마다 물이 찰랑대는 소리가 들려오고 두 귀가 부풀어올라 자꾸 몸이 아팠어요. 어느 아침엔 플랑크톤이 식도를 타고 목구멍 아래까지 기어올라왔어요. 나는 사막을 저벅저벅 걷고 싶은데 무릎을 거쳐 두 귀까지 물이 넘쳐 가라앉는 난파선처럼 자꾸만 비틀거렸어요. 가슴에 가만 손 얹으면 물속으로 가라앉는 쇄골이 느껴져요. 나는 아직 사막에 가지도 못했는데, 눅눅한 내 몸을 말리지도 못했는데, 손끝으로 물이 번져 만지는 것마다 온통 젖어오네요. 나는 아직 사막 위에 뜬 달을 보지도 못했는데 몸속 수문이 열려버렸나, 물은 눈까지 차올라 두 개의 눈동자가 밖으로 쓸려가네요. 나는 흰 모래 아래 누워 바삭바삭한 꿈을 꾸고 싶은데 몸속, 물고기들이 내 심장을 파먹어요. 온몸이 수초처럼 풀어진 나는 아직도 사막에 가지 못했는데.

지워지지 않는 페이지

내 안, 만 갈래로 엉킨 20세기가 흐른다 첫 페이지를 열면 동경 산보를 마치고 막 돌아온 할아버지가 젊은 아내를 이끌고 경성으로 떠난다 그들이 처음 만났다는 모란봉에도 곧 눈이 내리겠지 바람이 불어오는가, 한번도 펼치지 않은 페이지들이 나부낀다 언뜻 펼쳐진 페이지에선 할아버지가 밤을 새워 글을 쓴다 채 마르지 않은 잉크엔 불온한 빛깔이 스며 있다 국민의 애국세(愛國勢)는 그칠 바 모르게…… 황군(皇軍)에게 대한 감사의 염(念)과 격려의 성(聲)이 격우격(激又激)한 때였다.* 밖에는 사람들이 하나둘씩 죽어가는데 할아버지 무얼 하시는 거예요, 그만하세요. 내 뼈마디가 일제히 비명을 지르며 달그락거린다 어느 페이지에는 폐 속까지 들어찬 가래를 삼키며 그가 어두운 길을 향해 홀로 누워 있다 젊은 아내는 알감자 같은 아이들을 이끌고 어디쯤 가고 있는가 쓰다만 글자 위로 피가 번졌다 내가 한 번도 가보지 못한 기억의 집 유리창들이 아픈 풍경을 담아내느라 덜컹거렸다 나는 오래도록 활자들을 만지작거리다 검게 검게 봉해버린다

봉인된 심장과 머리를
페이퍼나이프로 북 찢고
조그만 빛조차 들어설 수 없는
어두운 서고를 돌아서면
나 태어나기 훨씬 전

핏줄마다 새겨진
지워지지 않는 이 페이지

* 매일신보, 1941. 3. 23~29에서 인용.

영화는 오후 5시와 6시 사이에 상영된다

오후가 밀려나는 순간 영화는 상영된다. 거리로 밀려온 노을은 나 혼자 관객인 영화관의 문을 두드린다. 영사기가 차르륵 돌기 시작하면, 스크린 위로 피멍 든 여자가 불쑥 솟아오른다. 노을보다 먼저 지는 어머니의 얼굴은 아름다워도 될까. 여자를 잡으러 남자가 뛰어간다. 얼음 살갗인 아버지가, 쓰다듬으면 고드름처럼 깨져버리는 아버지가, 나하고 놀아요 하면 눈사람처럼 녹아 사라지는 아버지가, 너 죽어, 모두 죽자 하고 어린아이처럼 뛰어가고 문을 쾅 닫고 도망가고 아직 어린 언니가 누에고치처럼 문고리에 매달려 흐느끼고 그들이 버린 화분 안에서 우리는 목이 말라요 물 좀 주세요 씨앗 하나 갖고 싶어요 하고 갈라진 목소리로 잉잉거린다. 화면 밖의 내가 스크린을 찢고 들어가 아이고, 얘들아 어린 나에게 물 한 동이 얼른 떠주고 도망간 남자와 여자를 찾고 저녁을 차려주고 아직 어린 언니를 찾아 얼굴을 씻기고 울지 마 달래다 내 안의 수문이 터져버리는 순간 젊은 어머니와 아버지가 쓸려나가고 감자 줄기처럼 딸려 온 유년이 잠기고 아이고 이걸 어쩌나 내가 눈물 속에서 허우적거릴 때 영화는 종영된다. 사방으로 번진 물길은 내 안의 집을 수몰시킨다. 영화관 밖 보트 위에서 한 아이가 흰 깃발을 흔들고 있다.

대합실

대합실에 앉아 버스를 기다렸네. 대합실 시계가 울리면 버스가 출발할 거라고 매표소의 직원이 알려주었네. 하지만 어디에도 시계는 보이지 않았네. 창밖엔 개가 짖는데 어디선가 째깍거리는 시계 소리 들렸네. 창밖엔 노을이 지는데 안 보이는 시계 소리만 대합실을 가득 메웠네. 대합실의 사람들은 하나둘씩 돌아가고 나 혼자 서성이며 버스를 기다렸네. 이제 곧 버스가 도착할 거라는데 몸속에서 시곗바늘이 쑥쑥 자라나고 있었네. 가방 속에는 새 신발이 가득한데 시곗바늘이 나팔관을 건드려 나는 걸을 수가 없었네. 창밖, 어둠이 밀려오는데 시계는 울리지 않았네. 낯선 청년이 내 가방을 뒤져 신발을 모두 던지는데 홀로 의자 밑에 웅크려 버스를 기다렸네. 앞창이 닳은 신발을 숨기며 버스를 기다렸네. 눈물을 글썽이며 버스를 기다렸네. 어둔 하늘과 별을 가둔 커다란 눈동자, 대합실을 엿보고 있었네. 달이 누런 침을 뚝뚝 흘리며 무너져가는 대합실을 핥고 있었네.

0번 국도

1

아버지, 탁상시계가 열두 번 울렸어요
0번 국도로 가는 길이 열렸어요
헤드라이트를 켜고 깊고 어두운 터널을 지나면
펼쳐지는 안개 도로,
나 오늘밤 그 길을 달려요
죽은 사람들이 죽은 줄도 모르고
폐가마다 불을 밝히고
어슴푸레한 나무 이파리엔
아버지의 아버지가 웃으며 매달려 있는 길

2

언제부터 안개는 이 도로에 고여 있는지 이정표를 따라가면 내가 달려온 숨찬 길이 지워지고요 길을 채 달리지도 않았는데 길이 사라졌어요 어디선가 축축한 입술이 나타나 내 차를 삼켰어요 차창에 달라붙은 내 아픈 풍경까지 몽땅 들이켰어요 그 커다란 입술 속에 들어앉으면 나는 다디단 사탕처럼 슬며시 녹을 것만 같았어요 모든 것이 고여 있는 이 도로에선 아버지의 아버지가 내 옆에 앉아 글을 쓰고요 그 무릎에 앉은 어린 아버지에게도 나는 까꿍 할 수 있을 것만 같은데요

백미러에 붙어 나를 따라온 어둠은
도로 옆 강물 속으로 언제 던져 보낼까요

3
그런데 아버지,
언제까지 내 옆에 앉아 계실 거예요

마리오네트의 거울

—막간극(幕間劇)

프롤로그

밖은 어둠이구나, 내 눈 속에서 환히 자라렴
거울이 눈을 뽑아 내민다

사랑하는 당신, 당신이 죽고 난 후 나는 겨우 눈 밖으로 뛰쳐나왔어요

네 주법은 틀려먹었어……거울이 다시 나를 꾸짖는다
제발 편히 썩으세요……나는 거울에 못을 친다

하늘에 박힌 눈알들이 번뜩인다 잊은 거냐 난 죄 없다 아무데서나 아이를 퍼뜨리지 않았고 바람 속으로 사라지지도 않았다 네가 곰팡이처럼 번져나가는 동안 난 얼룩을 지우기 위해 여기에 박혀 있다 그걸 알아야 해

제길, 그만 눈 좀 감고 푹푹 문드러지지그래요

#44

거울은 죽은 줄도 모른다 깨끗이 씻어라 얼굴이 더 못나게 어두워지기 전에, 봐라 거울을 버린 아이들은 그림자에 먹혀 바닥까지 더럽게 새까매졌다 거울이 무섭게 다그친다 너는 어디서 뒹굴다 온 거냐 당신들이 모두 깨진 후 친구들은 새 악보를 그리기 시작한걸요

#66

거울의 끝까지 들어갔어요
눈부셔, 눈부셔 하며 걸어갔어요
거울이 하나씩 열리는 동안
모두들 나야 나 하고 소리쳤지만
거울이 나를 덧칠할 때마다 노랑에서 파랑으로, 빨강에서 보라로 끝없이 산란하였어요

늘 공손했지만
파랗게, 노랗게, 빨갛게, 뒤범벅으로 쏘다니던 날들

캄캄하겠어요, 당신들이 환히 비출수록
내 사랑하는 거울을 모두 빨아먹겠어요
검게 도드라지겠어요

#에필로그

하늘엔 수천 개의 거울
거울의 거울의 거울이 일제히 쏟아진다
얘야, 너는 나를 몇 번 죽일 작정이냐
나는 그림자와 동침한 적이 없다

검은 편지지

누군가 내 속 깊이 숨어들어
차곡차곡 접어둔 편지를 뜯고 있어
잠 밖에서 서성이던 내가
편지를 감추려 뛰어들면
어디선가 우르르 천둥이 치고
집으로 가는 계단이 무너지고
끊어진 층계를 따라
저 혼자
절뚝이며 달리는 어린 그림자
나를 붙들고 있어
머릿속, 줄줄이 늘어선 검은 잉크병들이
왈칵 쓰러져 그림자를 덮치면
까맣게 탄 거리 위로 앰뷸런스가 달려오고
타다 만 집이 솟아오르고
집안엔 또 내가 하나 둘 셋
담배꽁초 나뒹구는 마루에 앉아
불에 덴 손가락으로 또 편지를 쓰고 있어
방안에선 엄마가
편지 따윈 그만 쓰라고 타이르고 있어
(엄마, 오늘만 좀 참아줘요
누군가 편지를 또 뜯었나봐요)
까만 글자들이 몸안으로 뚝뚝 떨어지고 있어
날마다 낡은 글씨만 늘어놓은 채
쿵쿵 뛰기만 하는

지겨운 내 종이가 닳아가고 있어
자꾸만 목울대를 움켜쥐는
이 무거운
글자들을 다 쏟아내야 할 텐데
어긋난 길만 만드는 지문도
찍어 보내야 할 텐데

문학동네포에지 039

한밤의 퀼트

초판 인쇄 2021년 12월 7일
초판 발행 2021년 12월 15일

지은이—김경인
책임편집—유성원
편집—김민정 김필균 김동휘 송원경
표지 디자인—이기준 신선아
본문 디자인—유현아
마케팅—정민호 김도윤
홍보—김희숙 함유지 이소정 이미희
제작—강신은 김동욱 임현식
제작처—영신사

펴낸곳—(주)문학동네
펴낸이—염현숙
출판등록—1993년 10월 22일 제406-2003-000045호
주소—10881 경기도 파주시 회동길 210
전자우편—editor@munhak.com
대표전화—031-955-8888 / 팩스—031-955-8855
문의전화—031-955-3576(마케팅), 031-955-8865(편집)
문학동네카페—cafe.naver.com/mhdn
트위터—@munhakdongne
북클럽문학동네—bookclubmunhak.com

ISBN 978-89-546-8398-2 03810

www.munhak.com

문학동네